Gallimard Jeunesse / Giboulées sous la direction de Colline Faure-Poirée

© Éditions Gallimard, 1994
ISBN : 2-07-058439-9
Premier dépôt légal: avril 1994
Dépôt légal: août 2006
Numéro d'édition: 146270
Loi n°49956 du 16 juillet 1949
sur les publications destinées à la jeunesse
Imprimé en France en août 2006 par **Partenaires-Book**® (JL)

Siméon le Papillon

Antoon Krings

GALLIMARD JEUNESSE / GiBOULÉES

Il y avait dans un jardin, au milieu des lys odorants et des rosiers grimpants, une petite maison tapissée de pâquerettes où vivait un papillon du nom de Siméon.

Siméon aimait la compagnie des
fleurs. Chaque matin, il s'envolait
pour voir ses amies. Chez la première,
il faisait un brin de toilette,
avec la seconde, il prenait le thé,
et sur la troisième, il se balançait.
Et ainsi de suite…

Puis, quand le soleil se couchait,
que les fleurs se refermaient, Siméon
rentrait chez lui. Il se glissait
délicatement, pour ne pas froisser
ses ailes, sous une petite couette
garnie de pétales de roses, et, très vite,
s'endormait jusqu'au lendemain.

Cependant, un matin, il retrouva
ses protégées, mais aucune d'entre
elles ne l'accueillit. Hélas! mille fois
hélas! Tête baissée, les pétales
négligés, les fleurs dormaient
à poings fermés.

Siméon eut beau voler de fleur en fleur, et les parer de fines gouttes de rosée, le jour suivant fut comme le précédent.

– Allons, ne restez pas plantées comme ça! Réveillez-vous, mes belles! s'écria-t-il en secouant quelques tiges. En vain. Pas un lys, pas même une petite violette ne lui répondit.

«Pourquoi mes fleurs ont-elles si mauvaise mine?» se demandait-il en voyant leurs têtes fanées.
– Moi je sais, dit Belle la coccinelle qui passait par là. Cette nuit, elles sont allées au bal des tulipes, c'est pourquoi elles sont si fatiguées.
«Les fleurs ne dansent pas», pensa notre papillon qui ne l'écouta pas davantage.

La coccinelle avait pourtant dit vrai.
Quand minuit sonnait, les fleurs se
réveillaient et se mettaient à danser
en se balançant furieusement de tous
côtés, tandis qu'un papillon de
nuit qui jouait merveilleusement
de la trompette, tourbillonnait
autour de leurs têtes frémissantes.

Ce papillon trompettiste qui, vous l'avez compris, était un peu magicien, s'en fut un soir près de la mare où se donnait un autre bal, celui des moustiques.

Ainsi, les fleurs du jardin retrouvèrent
leur éclat et Siméon son sourire, les
boutons d'or brillaient tant qu'ils
pouvaient, les jacinthes faisaient tinter
leurs clochettes et l'air embaumait
d'un parfum délicieux.

– Regardez, chère coccinelle, comme mes amies sont belles aujourd'hui!
– Oh là là! La tête me tourne! répondit-elle. J'ai dansé toute la nuit au bal des moustiques. Il y avait un papillon qui jouait de la trompette, c'était formidable!
– Un papillon qui jouait de la trompette? Quelle imagination, cette coccinelle!

Si cette histoire ne vous a pas assoupis, venez tous ce soir au grand bal des lucioles, près du bois. Mais n'en parlez pas à Siméon : la nuit, il dort, et de toutes les façons, il ne vous écoutera pas.